낮은 직선

낮은 직선

—

초판 1쇄   2010년 1월 22일
초판 2쇄   2010년 3월 5일
지은이   권도중
펴낸이   김영재
펴낸곳   책만드는집

—

주소   서울 마포구 합정동 428-49번지 4층 (121-887)
전화   3142-1585·6
팩스   336-8908
전자우편   chaekjip@chol.com
출판등록   1994년 1월 13일 제10-927호
ⓒ 권도중, 2010

—

ISBN   978-89-7944-323-3 (03810)

낮은 직선

권도중 ● 시집

책만드는집

시인의 말

너무 오래 떠나 있었습니다.

다른 그곳의 힘듦도 희열도 시작詩作에 결코 못지않다고, 그렇게 묻어둔 채 살았습니다. 다 두고 가는 억새풀처럼 남는 게 없다는 것을, 있다가 없어지거나 두고 소멸되어진다는 것을 알기까지 삼십 년 넘게 오랜 시간이 금방 지났습니다.

예술은 새로워져야 한다고, 여길 벗어나 저기로, 낯선 몸짓으로, 외로워지더라도 혼자의 길 그쪽을 갈 수 있을까요.

달라지길 바라는 생각으로 이 시집 보냅니다. 그런 후에 내 시조時調를 좋아할 시詩의 독자를 밖에서라도 만나고 싶습니다.

책만드는집 김영재 형께 감사함을 표합니다.

2010년 1월

권도중

| 차례 |

5 • 시인의 말

1부

13 • 이어도
14 • 찔레꽃 1
16 • 찔레꽃 2
18 • 두 개의 눈망울 그리고 고래
19 • 비로소 깨어날 꽃을 위하여
20 • 이 땅에서의 꽃
22 • 간절함
23 • 그림자
24 • 그리움 3
25 • 들판
26 • 들국화
27 • 수수꽃다리
28 • 코스모스 2
29 • 억새꽃처럼
30 • 다시 목련 지다
32 • 강은 바다로 가서
33 • 바람의 모습
34 • 늪
35 • 좋은 것을 주려면
36 • 한잔 술

2부

39 • 봄길로 간다

40 • 순수한 생각은

41 • 겨울 숲으로

42 • 사랑니를 뽑고

44 • 그곳이 깊고 멀다

46 • 탑

47 • 민들레꽃

48 • 마음 걸어둘 수 있는

49 • 도적이 되고자

50 • 돌 속을 간다

51 • 밤바다

52 • 깊은 계곡 앞에서

53 • 이월

54 • 금가루

55 • 봄날 우리 슬픔은

56 • 오월

57 • 들판의 한 송이

58 • 꽃에 대하여

59 • 목련 지고

60 • 보고픈 마음

3부

63 • 햇빛은 햇빛과 섞여

64 • 사랑시 3

65 • 견디는 꽃은 슬프다

66 • 마음 펼친 자리

67 • 잠자는 강

68 • 만발한 벚꽃 아래

69 • 느티나무 심은 뜻은

70 • 처숙부

72 • 수로부인 6

73 • 수로부인 7

74 • 수로부인 8

75 • 별

76 • 남해

77 • 기다림

78 • 마음속에 있어서

79 • 늪이 된 강

80 • 달 2

81 • 달 3

82 • 능선에서 오는 것

4부

85 • 생명이 순수할수록

86 • 마술

87 • 벚꽃 속에 벚꽃이

88 • 비 4

89 • 나비 1

90 • 나비 2

91 • 나비 3

92 • 나비 4

93 • 나비 6

94 • 벚꽃과 목련 사이

95 • 봄날에

96 • 같이 가는 길

97 • 낮은 직선

98 • 섬 1

99 • 섬 2

100 • 멀리 가면

101 • 꿈길 간다

102 • 뻐꾸기 소리

103 • 어느 하오

104 • 내원사 가서

105 • 눈물

106 • 슬픔은 남는다

107 • 권도중 시 읽기 _ 박시교

1부

이어도

삶을 괴롭히던 또 다른 왕국王國이며
해수海水에 목이 잠긴 그 고운 신앙信仰이며
가서는 오지 않았던 살아 있는 천국天國이여

큰 그리움 만나려면 더 멀리 가야 한다
더 큰 그리움은 몇 날 며칠 지새운다
생과 사 이어도 사나 님 생각은 물길로 간다

난파되어 못 오며는 다음 배에 오리니
배 무거워 못 오며는 이어도에 사는 줄을
살아서 보고 싶어라 목숨이 물결로 오네

입이 없던 사람은 피리 되어 갔으리
아직도 철썩이는 꿈 건져야 할 깃발 푸른
긴 역사歷史 돌아와 있네 그리운 섬 이어도

찔레꽃 1

못 보고 살아도
가시처럼 닿았다

내 구원이
절절했던
귀한 사람아

찔레꽃
절면서 마을 밖
저 끝을 가고 있다

새순 쭉쭉 꿈을 누르고
간절함이 울며 온다

받아줄 데 없는 마음
쪽지 쪽지로 하얗다

순정은 갈 곳 없어서
진 꽃잎 모아

가슴 덮는다

찔레꽃 2

꽃잎 따 손에 쥐고
돌아보던 자갈길

붉은 순 꺾어 먹고 배고프던 아이야

주고픈 선물이 있다
마음속에
남았는

흰 저고리 붉은 치마
별자락에 묻히며

갱변에 신발 들고 하얗게 서서 있던

그 꽃잎 꽃잎 사이로
가시처럼
갔던가

볼 수 없이 살아도

보지 않고 살아도

사는 게 절절하여도 피어 찔레꽃

하늘 끝 세월 속으로
묻어두고
피는 꽃

두 개의 눈망울 그리고 고래

1
동해 푸른 물에 씻기는 두 개의 눈망울아
예언이 용암을 뚫고 솟아난 독도섬아
찬 물속 불알 같기도 해라 눈이 시리다

2
먼저 간 말발굽들 깃발로 잠긴 바다에서
불알은 독할수록 모토母土의 사랑을 찾고
눈망울은 그럴수록 먼 그리움 속을 갔다

눈물이 깊을 때는 별 잠긴 그 곁으로
사랑한다 뜻이 강해 외로움도 강건했다
푸른 섬 이어도까지 고래처럼 사는 혼

3
푸른 근심 등에 두른 바닷속 만 리 마음아
뜨겁고도 추운 먼 데 자식이 그래서 더 애틋다
고래가 산다 저 깊은 하늘 푸른 물속에

비로소 깨어날 꽃을 위하여

그림자 없는 강은 뜻 없이 야위었네
꽃아 꽃아 삼천 꽃아 백마강 낙화암아
꽃 지면 망울이 있다 허공에 어린 옛사람

흰옷의 백성을 충절로 밟은 왕조王祖
황산벌 피울음은 흙이 다 받았다
그 죄를 묻고픈 바람 가고 구름 오네

누구가 저 들판에 불을 지르랴
누구가 저 바람에 집을 지으랴
애달픈 큰 절을 지어 울음절 하랴

깊은 잠 강바닥에 왕의 목을 벤다
비로소 깨어날 꽃을 위하여
벌판을 태우며 오는 멀리 바람을 본다

이 땅에서의 꽃

세월에 피는 것은
살면서 숨겨둬야지

마음속 보내야만 너 편할 수 있었지

윤리의 무덤에 갇힌 채 그것을 그것 아니라 했던

꽃이 꽃다운 건
참아 피기 때문이다

삶에게 절절한 건 멀리 꽃으로 다시 핀다

그래서 이 땅의 산과 들엔 유독 들꽃이 많다

고이고 쌓인 남은 것
마음에만 묻을 수 없는

비밀은 이유만큼 피고 꽃은 입이 없어 꽃이다

하늘 한 자락씩 물고 안부는 독이 풀리듯 간다

꽃도 낮은 곳에 핀다
쉽게 가지 못한다

세상에 아무도 그냥 아름다운 게 아니다

안부가 궁금한 만큼 대지에 꽃이 핀다

간절함

있을 때 오지 않고
없을 때 찾는 난처함

저어 하늘 끝을 물고 못 가고 있다

두고 갈 간절함보다
네 절망을 어야나

삶이란 어려운 것 간절함만 아니라면
이저런 방도 찾고 마음 쓰면 되는 것을
위로는 상처 위 소금
구원만이 간절타

간절한 것을 이루어주는 게 간절함이다
간절함에게 가서 말씀 아닌 간절함 되라

간절함 맞는 간절함이여
간절함에게 간절함 되라

그림자

사랑한다 되뇌면 그림자 하나 더 만들고

가만 있질 못해 기다림으로 변하고

만나러 그 집을 가면 가고 또 비어 있다

그림자 빈집 물속을 종일 저문다

그대 이 집 오면 무너질 위안 어이하나

그런 날 살아서 한 번 약속으로 남을까

그리움 3

그리움은 멀다

가고 가도 닿지를 않네

멀어서
뭉게구름 마을이다

구름아 잡을 수 없는
오랫동안 널 그리워했다

모든 그리움은 형체를 떠나 구름이 된다

형체 없는 건
그리움이 되었기 때문

구름이 된 그리움은
깊은 곳 가서

저렇게 멀다

들판

어둑한 저쪽 마음이 들판을 가지고 있다
어둠 내리는 들판 비 내리는 들판이다
그리운 것들이 지나가라고 저리 펼쳐져 있다

별빛 흘러간 곳 비 지나가며 간 곳에서
홀로 빛나는 끄트머리에 죽었던 것이 살아
그리운 사람들 생각은 들판을 건넌다

들국화

그대처럼 기대고픈 낮은 이 언덕

가을로 다시 와서 들국화 폈다

내 언제 가득하다고 말한 적 있나

그대 소식 묻은 바람 지나갔어요

서리보다 먼저 와서 꺾어주세요

찐한 맘 살아 있다고 바람 부네요

수수꽃다리

못 잊어 푸르른 청춘의 그늘에 피어
떠내려 보내야는데
흘러서 오네
목숨을 걸어서라도 쟁취했어야 했다

살면서 잠겨두는 여인의 길을 내가 본다
먼 바람으로 와 그 속으로 가고 있다
내 꿈이 남의 삶이 된 사람
용서하라 용서하라

보낼 수 있어야 못 보낸 목숨도 있다고
수수꽃다리 핀다 차마 아름다운 그대
깊은 강 물고 다시 덮으며 늦은 오월이 진다

코스모스 2

봄꽃 지고도 한참을 땡볕에 내내 말랐다

숨긴 멍 비바람 속을 가며 별이 되더니

남은 게 없었는데도 먼 마을 흔들던 것이

어느 때부터 피고 있었나 청명 하늘 건너서

홀로이 넓은 가을을 그렁한 갈피 속이다

말갛게 손을 흔든다 세월 속을 마음을

억새꽃처럼

간절함 다스려 참아야 함을 압니다
억새꽃처럼 다 날려 보낸 지난날이
허물과 후회만 남긴 언덕으로 있습니다

다시 알리고픔을 용납할 수 있을까요
못 울린 북소리 숨기어 남겼어도 이제
세상에 넓은 어느 공간에 집 하나 있습니다

이제 젊고 늙음이 다름없는 사이인데
저쪽에 피어 생생한 세상에서 슬픈 꽃
이 죄업 그대 생각이 억새꽃 같습니다

다시 목련 지다

그대 생각 푸르른
그 너머 흰빛이 되는

넓은 수건으로
굵은 망각을 편다

깨끗한 가지에 밤의 등불 본 일 있느냐

소중한 사람
다시 속으로 지다

그대가 했던 용서
이제 그대가 받는 용서

한 곳이 무너지는데 여기저기 웬 슬픔 깔리냐

침묵으로 치유되었던
하나의 사랑

잠겼던 세월 먼 그대

가지 끝 찔려

옛 울음 위안으로 와 혼자 또 묻고 있느냐

강은 바다로 가서

그리운 강에 가서 차라리 강이 되려니
먼 곳 먼저 온 물들 저 먼저 깊어 있다
길고도 슬픈 이야기들 말없는 흐름이다

낯선 그리움들 섞이며 부딪치며
저마다 아픔 안고 이별 같은 내용으로
상처는 더 큰 다스림에 맡겨야만 하는가

강江은 눈도 입도 없어 가슴 하나만 보낸다
흐르는 물결로 푸른 멍 풀며 가는 동안
길 잃고 보내지 못한 눈먼 사랑이여 흘러라

바람은 마음껏 그리운 이에게 떠내려간다
이루고도 꽃은 지고 못 이뤄 꽃이 피네
그렇게 모여 바다가 된 바다는 무심하리

뭍에서 가까운 곳 몸 섞어 뒤척인 파도 아래
어찌지 못한 무거움 안 보이게 갈앉으리
조용한 깊이가 되면 한 사랑 완성되겠네

바람의 모습

바람이 가다가 맺히면 망울 되고
아름다운 생각 만나 피어나면 꽃이다
흘러서 가는 바람은 아픔 속도 지난다

사람아
슬퍼 찢긴 갈대밭도 지나왔다
꽃도 울음도 모습 바꾸는 구름처럼
마음 밖 마음 속으로 그 사이를 흐른다

늪

억만 년 안개비가
돛배 펴고 가고 있다
보이지 않는 것들로 처음처럼 살고 있다
흐르다 더 흐르지 못해 낮게 낮게 닿는 곳

자기도 못 짚은 곳의
숨결들이 거기 있다
늪으로 들어간 사람 다시 본 일 있는가
마음속 늪이 된 사람 미워할 수 있는가

생각마다 별 되어
잠겨서 못 건진다
마음 흘러갔던 아득히 앉은 날개가 있다
안개비 젖어서 가면 늪이 되어 만난다

좋은 것을 주려면

주고픔이 클 때 존재는 더 빛이 납니다
못 열고 힘에 부쳐 문 앞을 서성입니다
위안만 밝게 떠올라
먼 속을 갑니다

필요한 건 언제나 꼭 필요할 땐 없네요
좋은 것을 주려면 좋은 것을 가져야 해요
상처도 바치고 싶은
절절한 건 슬퍼요

한잔 술

고독의 성분이 발효하여 빚어진 술

따라 마시면 몸속으로 풀리는 고독이여

퍼져서 엷어진 것들 밖으로 섞임이여

생각해보라 힘들고 어려울 때 땡기는 것을

삶의 해독제, 그리하여 편안함이여 잊어짐이여

한잔 술 마시고 나서 세상 밖을 걷는다

2부

봄길로 간다

받고 싶은 메일이 복숭아밭 바람으로
사이사이 오고 있어서 열지 못하고
온 메일 열지 못하니 저렇게 꽃들이 핀다

한 통도 아닌 안타까운 여러 통이 대번에 와
참지 못할 내 마음 내용일 것 같아서
살구꽃 피었다 진 뒤 복숭아나무 곁을 운다

결국은 꽃 지나 꽃으로 오듯 떨구며
열어보지 않은 메일 속 마을 길 오는 소식
봄길로 간다 무슨 색인가 한 뭉텅이로 걷는다

먼 들판을 만들고 나부끼며 일상으로 가겠지
오래 바래어선지 연한 색 꽃 이파리 되어
네 마음 길 위에 물 위에 한없이 휘날린다

순수한 생각은

순수한 생각은 얼마나 멀리를 가는가
혼탁한 생각은 가질 않고 제자리만 맴돈다
사람아
이 마음 하나
얼마의 거리인가

누구나 멀리 가는
생각을 갖고 있다

서산에 걸리어도 물들이며 타고 있어도

한 마음
적시고 있는
고립되는 물길을

겨울 숲으로

겨울 숲 알몸의 나무가 펑펑 갈았는다

내가 알몸으로 Y 자 나무에 걸쳐진다
나무는 검고 나는 버건디 컬러, 하얀 눈이 내린다
겨울 숲 어딘가에 굴뚝이 기다리는
그 가난 가던 위안 먼저 가 있는 것이
검은색 나무로 서서 울음 같은 싹이 있네
하얀 눈은 내리어 검은색을 덮고
그리움 내리며 덮은 색은 그 골짜기 간다

녹으면 푸른 산야에 산천으로 돋을 것들

사랑니를 뽑고

칫솔도 닿지 않는
사랑니를 뽑았다

마취를 하고, 신경을 끊고
썩었지만 뿌리는 크다

뽑으면 편했을 것을
여태까지 왜였을까

살과 피 되라고 열심히 씹었지만
생을 지탱하듯 버리지 못했던
깊숙이 자리한 것은 부족함 때문인가

견디던 사랑 같은
안쪽이 무엇이었나

오랜 통증 빠진 자리
블랙홀 같다

무언가 더 빠진 것 같으나

피 고여 어둑하다

그곳이 깊고 멀다

그리운 것은
지구가 둥글게 돌기 때문일까

어스름 길로 오는
닿지 못해 깔리는

모든 건
그리운 속을
너도 나도
그 속에 있다

때로 반짝이며
흐르는 쪽에 적시던

그 방향
날개가 생기는

어둑한 배고픔이

너머에

낮게 덮인다

그곳이 깊고 멀다

탑

너를 사랑하는 건 내 의지가 아닐 것이다
밀물과 썰물이 바다의 의지가 아니듯이
시간은 세월로 남고 길은 허공에 있다

사랑은 상대를 위해서 내가 존재하는 것
자석처럼 피의 인자가 날개를 끌고 있다
그래서 탑이 생긴다 남는 것은 탑이다

이생이 너무 절절해 불멸은 원치 않았다
광야에 탑이 되어 바람 속을 서는 마음
햇빛도 비껴갈 것이다 너의 들에 남으리

민들레꽃

멀수록 지나온 길 민들레 길인 듯
저 길가 쓴맛 그 노란 꽃 피어 있다
그래도 우리 인생은 꽃길을 가는 것

아니다 돌아보면 쓴 뿌리 어린아이야
밟히고 살아나던 세월 쓴맛 약이었나
섦마다 노랑노랑 날면 살아 있는 민들레꽃

나에게도 약이 되어 지탱했던 꽃이 있다
밀려난 작은 길가 흙먼지 속에서도
가득한 질긴 쓴맛으로 소멸되며 가는 것

마음 걸어둘 수 있는

웃옷을 벗어 걸듯
깃발 걸듯 건다는 것

붙잡아두는 것이다
마음 벗어 걸어두고

오늘도 햇빛 먼 길 맨정신으로 열심이다

어디 걸 수 없이 지쳐
걸 데 없을 때

마음 걸어둘 수 있는 건 스포츠 티브이뿐인 사람들

저 동네 빼곡이 티브이를 켠다 창문마다 밝다

도적이 되고자

간밤엔 검을 갈았다 붉은 가슴으로 갔다
말발굽 소리 백마 한 필 보냈다
물빛에 달빛 받아서 밤새 잠겨 있었다

멀리 가슴에 꼼짝 못할 화살이 필요했다
그대 모르고 있다 일어서지 않은 대사大事
모반을 깃발을 그린다 졸개의 깃발로 밟히랴

그대 잠 아직 깨지 않고 겨울바람 차다
보고 와야지 안 보고는 믿기지 않아
옛날도 그랬으리라 아름다워 남잘 울린다

길이 남아 초롱꽃에 이름 적어 보냈다
초롱꽃은 숨기기에 맞다 그것도 숨긴다
세상에 그냥 있으라 도적이 되고자 한다

돌 속을 간다

구름처럼 흩어져도 성터처럼 남아 있다
지워도 내용들은 지워지지 않는다
감히 꾼 꿈이었다면 슬픈 건 당연했다

갈대를 태워서 서녘 하늘로 침묵하리
바람으로 간 진실한 것 거기에선 만날까
돌 속에 마음을 열리 화답의 위안을

식물의 꽃은 움직이지 않아 위안을 주네
지금은 상처받아 마음 꽃 생생하다
낙화를 생각지 않을 넓은 돌 속을 간다

밤바다

이글거리던 태양이 진 후 눈을 감듯
세상이 어둠 깊이 잠기고 비로소
바다는
더 출렁이는 생명이 된다

슬픔이라 불러야는 잠 못 드는 생명들
떠난 것들로 어느새 와서 하나가 된다
밤바다
저 멀리 깊은
알 수 없는 것들이 된다

깊은 계곡 앞에서

궁금함 마음 사연 이런 건 감정일 뿐
그리움 같은 건 다 쓸잘 데 없다 하네
너머에 있는 계곡에겐 그립다 말 것

계곡 깊고 깊으니 집착 버리고 참을 것
짐승 울음도 못 들어간 입구서 멈춰야 한다
침묵이 구원이라며 별 되어 꾸짖는다

깊은 계곡에게 묻고도 또 묻는
혼자서 키운 내용만 남아 절경이 됐다
멀리서 그 아름다운 이유만 생각게 한다

이월二月

여자는 꾸며줘야 돼요
춘삼월 앞서

아름답다고 할 수는 없지만
사실 아름다운
여자

변신을 위해 변신을 꿈꾸면
더 깊은 데가 보인다

이 정도는 아무것도 아녀요
더 추운 날도 겪었으니까요

뿌리도 얼까 봐
아픔 속 크던 망울

바람은
멀리서 올 때 비로소
여자를 꾸민다

금가루

햇살이 쌓이며는 금가루가 된다

금가루 굳으며는 금덩이 된다

햇살을 받고 있으면 금빛 영상이 된다

금이 덜 돼 쌓이며는 모래가 된다

바람이 쌓는 넓은 햇빛은 사막이 된다

낙타가 밟고 간 자리 금빛 길을 따른다

봄날 우리 슬픔은

꽃 피는 슬픔,
천지 가득 꽃비 내리면
봄날 우리 슬픔은 슬픔이 아니다
그립고 안타깝던 올해의 생각도 대지에 지고

지고 난 자리 씻기는
저 만 리의 위안에
가지마다 돋을 푸른 일상을 가자
천지가 품었다 묻어둔 그대, 슬픔이 아니다

오월

꽃 핀 사연마다 꿈속 같은 길을 갔다
바람 따라 갔고 싫다고 밑에 내려앉고
봄비에 지난밤이 젖어
꽃비, 꽃비, 다,
졌다

새순 파랗게 경쟁하는 가지마다에
꽃 진 자리에 일상으로 빠르게 와서
아픔도
더 이상 없다고
결심 속이 푸르다

들판의 한 송이

무거운 내용을 담기 위해 비었는 듯

내용은 그와 같다는 생각입니다

뿌리의 울음이 왜 깊게 내려갑니까

확인되지 않는 바람은 칼이 있나요

들판의 것도 존재의 의미로 뚜렷해지면

자존을 씻기며 허무의 그대는 아실는지요

꽃에 대하여

그냥 몸짓도 절벽의 꽃이 되더라

이러는 이 마음이 네 길섶을 서성인다

푸르게 멍들어 있는, 붉고 희게 아름답다

비밀 아닌 꽃 있으랴 세상 꽃의 모든 이유

모르는 곳 모르게 궁금한 만큼 핀다

피어도 안부 속으로 피가 우는, 피우는

목련 지고

지난봄 천지간을 땅속에 묻고 가더니

큰 강 성큼 건너 봄보다 먼저 왔다가

무겁지 않았던 흔적 비가 와서 지운다

목련보다 빠른 낙화로 도처에 지고 있다

오랜 너는 벌써 봄을 두고 가고 없다

설레던 계절도 이젠 그립다 하지 않으리

보고픈 마음

어제보다 더 보고픈 마음이다

바다보다 깊은 하늘에

마음 띄우라

소식은 만 리에서도 들을 것 같은 밤

그 마음 밝은 달로 높이 뜨며는

닿지 못한 답답함은 깊은 달을 향해

밤마다 화살을 쏘듯

보내리라

마음을

3부

햇빛은 햇빛과 섞여

햇빛은 햇빛과 섞여 햇빛이 되고
그림자와 그림자 섞이면 그림자로 남지만
너와 나 물로 만나 모습 바꾸며 젖고 싶다

바람은 바람 섞어 살아 있는 바람 되고 가다가 없어져도 거
기서 문이 된다 무엇이 무엇과 섞여 생생한 너가 됐나

순간과 순간이 섞이면 창조가 되듯
마음에 마음 섞은 마음이 되고 싶다
내밀히 몸 섞고 싶을 구름마을 거기에

사랑시 3

포근한 그대 방은 커튼마저 꿈빛이다

못 이룬 꿈 묻히고픈 부드러움

궁전의 이야기 같아 눈을 감고 다스려본다

생각이 진하면 찾아오는 착하다는 것

견딜 수 없을 때 깨닫는 그 바닥

고요한 물길이 생긴다 마음 다스린다

견디는 꽃은 슬프다

망울로 가던 것 소식으로 가던 그것
바람에 세상 밖 간다 세상은 소멸하는 곳
허무의 바람에 베인다 네가 멍드는 것

꽃은 용서에 있다 문이 있어 피고 있다
간절하여 먼 길로 와 먼 길에서 먼 길 가는
견디는 꽃은 슬프다 지는 것 속을 간다

마음 펼친 자리

너는 그대론데
내가 너무 취했다
디스플레이 잘된 너는 경쟁력이 있었다
생각이 참 잘 어울린 명품 플러스 그것

서로 모르면서
다 아는 줄 알았고
아름다움이란 자석 같아 맹목으로 가는 힘
여름날 그 자리처럼 그림자는 남는가

내 고집 무데뽀라
영양가도 없으리
마음 펼친 자리 자국만이 선명타
못 잊어 힘든 너를 이제 잊는 것도 멋인데

잠자는 강

서성이던 반쯤씩은 어둠 따라 돌아왔다

열차는 새들을 싣고 중심의 흐름 속을

검은색 치마가 덮인 물소리로 잠긴다

입고 온 죄 씻기는 목숨들의 숨소리

잠자는 강이 되어 미궁으로 닿는다

몽몽한 안개가 피고 그 바닥이 가깝다

만발한 벚꽃 아래

만발한 벚꽃 아래 귀가 못 한 패인 자리

간 사람의 뒤가 깊어 남겨짐이 울적하다

그림자 내용 없어도 슬픔 끝이 닿아 있다

나무 아래 둔 결심은 아쉬움 따라갔다

검은색 벚나무 곁에 뒷모습은 기대둔다

무너져 가득한 위안은 그리움 없이도 피리라

느티나무 심은 뜻은

그 옛날 동구마다 느티나무 심은 뜻은
세월이 바람 키워 거목으로 자랐어도
왜 전부 같은 수종인지 그 비밀 알 수가 없네

기원은 가지마다 간절함에 살아 있다
말씀으로도 남지 않아 사라지는 화폭인가
유현의 시간 속으로 귀소하는 풍경들

신도시 건설마다 선사先史의 뜻 심지를 않아
새로운 문명의 마을엔 구경조차 할 수 없어
아쉽고 알 수 없어라 그 먼 길로부터

처숙부

처갓집 처숙부
육군 소위 육이오

사망했던가 월북했던가

북에서
살고 있단 소문 있었던가

시신 없는 무명 용사탑
중위 금강석琴江錫

이산가족 상봉마다 손수건 젖고 닳아

처숙모
하늘로 간 후
딸 하나 남아

남은 딸 아직도 북에 사는 아버지

눈물바다 건넌 갈피
찔레꽃 핀다

살아서
눈물로 씻고프다는
나의
처숙부

수로부인 6

흔들려도 뜻만으로는 그 자리뿐이에요
삶은 지나고 나면 고쳐 살 수 없어요
거문고 팽팽한 긴장 그 본질로 오세요

주저하는 맘으론 아무것도 할 수 없나니
모습과 한계에서 오는 끝없는 갈등 덮고
물길을 건너서 오듯 어서 그렇게 오세요

파랗게 나부끼는 아직은 젊음의 날
한 생애 저물기 전 아름다운 이별같이
탈선을 꿈꾸는 마음 흔들리고 있어요

잡념이 껴들어도 흐르는 것은 순리예요
집착은 마세요 변하는 마음 물길은 말 없어도
분별을 넘어선 길엔 후회하지 않아요

수로부인 7

사실은 여자가 찾아가는 길이에요
사랑이라 마세요 구름 무게로 가고 올 것
샘물로 닿고픈 거기
설명 필요 없어요

여자가 가꾸는 게 사랑예요 당신은 남자예요
짐승같이 설워도 붉은 울음 갖는 거예요
보호할 줄 알아야죠
전하려고 마세요

순수한 건 쉬이 멍들어서 오래 아름답고
모든 목숨 같은 것은 상처 곁을 갑니다
자존이 지존스러워
방을 또 만듭니다

수로부인 8

사랑 깊으면 거짓 없고 식으면 거짓 생긴다
눈에서 멀어지면 네 진실한 몸 멀어가거늘
마음은 몸 따라가고 몸 가는 곳 사랑이 있다

나불나불 말에 질려 말이 없는 남자를
서러운 놀 드리워도 감정 없이 있어만 주는
절벽 꽃 꺾다 떨쳐버린 세상에 그런 남자를

별

멀리 마음속 빛나고 있는
너의 빛은 거리의 몇 제곱인가
찬란한 별빛이어서 어둠서만 발發하나

인조 빛 만발한 아름다운 도회都會에서
저마다 만든 빛 속 너의 빛도 묻혔지만
보이지 않는 것들이 외곽에선 잘 보이듯

동방박사 여정만큼 긴 그림자를 만들고
그러고도 별이 되어 그 자리 그냥 있다
남들은 정말 모른다 너를 짚은 표면온도

잠시 달에 가리어도 절대등급이다 너는
너의 창은 몇 광년 지나 닿을 그리움인가
이 궁금 마저 태우고 나면 실시등급 되어질까

지구의 자전 따라 내 고된 자전自轉도 있다
혹 빛나는 별을 보면 억 년 이상 갈 사모의 별인 줄을
밤길을 비춰두리다 그 길 따라 흘러오라

남해

길 없는 경계에 멈춘다 미조리 사항
산 넘고 들 질러 온 내 무거움이 잠긴다
바람에 실려 간 눈물의 끝 평온한 이
바다에

아름다운 남해 바다 치자꽃 짙은 사람
어둠이 올 때까지 취해서 끊어질 때까지
못 찾고 물결 쓸리며 섬이 되는
그리움

기다림

막히면 그리움 되고 지나면 기다림 된다

나는 없고 너만 있는 답답함이 가득하다

거리를 지켜야 한다 방황도 쉬고 싶다

기도가 홍어처럼 치료될 세월 같은

마음이 평화지대까지 머물러 다시 오는

그림자 온전히 거둔 그 모습이 그립다

마음속에 있어서

언덕이 아니어도 마음속에 있는 것은

귀할수록 깊숙이 자리해서 변치 않는다

언덕은 비빌 수 있고 그래서 좋은 곳인가

변하는 세상에서 나이 먹고 시달리어도

상처를 지키고 있듯 슬픔에 기대고 있듯

떠나질 않네 마음속 언덕으로 있어선가

늪이 된 강

어떤 사랑은 안개 가득 피우는 강도 있다

가다가 물길 바뀌어 늪이 된 강도 있다

강바닥 보이질 않아 잠수해본 적 있는가

까마득 저쪽이 깜깜한 몇 돛배였으며

밤마다 가서는 빠져서 오지 않는

죽어 간 별이 몇이며 무수한 숨결을 아는가

달 2

달은 꼭 침묵 고인 호수에만 빠진다

속이지 않았는데 속고 싶어 속으러 온다

정액을 고이게 해서 길섶 검불만 검다

숲 속엔 벗은 치마가 너무 밝다 하고 싶은

가슴과 몸은 두고 그대 지금 호수에 밝다

얼굴은 달 속을 가서 몸속으로 몸이 온다

달 3

달 밝으면 모든 게 다 보인다

바쳐지던 것이 기슭에 색으로 오래 쌓인다

환하게 그림자 커져 지상엔 속을 간다

물속 바닥에 닿아 이미 쉬고 있는 것

깊으니 세상도 깊어 하늘 더 깊다

없어도 빛의 길 따라 빼내어서 가진 칼

능선에서 오는 것

노을 진 곳 아래 저수지 쪽이 번진다
속마음이 바깥 마음과 같아지는 시간이다
마당에 연기 깔리는 마음만이 아닌 것

명확한 게 없는 목숨 기울어져 닿는 거기
날개를 접은 후에 길이 생겨 쉬고 있다
사라진 것 편안함을 먼 길로 걸친다

내린 후 남겨진 듯 흙 마당 빈 국기가
돌아올 보자기 같은 고향의 마음 같은
덮여서 위안이 되는 능선에서 오는 것

4부

생명이 순수할수록

생명이 순수할수록 자주 멍이 들듯이

사람도 순수할수록 꽃처럼 멍이 든다

몸속에 쌓아둔 꽃은 무엇으로 못 지운다

잘 살아 아프지 않고 꽃 지고 철이 가도

못 잊는 세월에는 다친 디엔에이가 있다

상처도 깊은 사랑은 찾아가는 힘이 세다

마술

착하고 단순해진 이런 감정은 마술에 약한가요

그대는 마술사 나는 마술 걸린 아름다움

온갖 기氣 모아지면서 긴장되어 있습니다

그대 마술에 지금 내가 딱 걸렸습니다

완벽히 걸려서 시간을 못 느낍니다

꿈인가 행복인가요 이 마술 풀지 마세요

벚꽃 속에 벚꽃이

벚꽃 만발하다 낙화하는 과거의 하늘

벚꽃 속에 벚꽃이 하늘 속 하늘이

숲 속에 숲이 절로 크듯 너는 그렇게 크다

만나러 가는 나의 것은 외로운 기다림이다

어려운 삶 이겨얀다고 너는 도처에 많다

꿈속의 꿈 혼자 행복하다 꿈꾸며 산다

비 4

세상에 비 내린다 벽마다 얼룩진다

불어난 강이며 풀꽃처럼 숨 가쁘게 흔들린다

젖어서 따스운 그대 젖은 새처럼 젖어

젖은 머리칼 도랑물 따라 편하다

어두워진 들판 어디 등불은 있으리라

안부가 젖어 비 오는 마을의 길로 간다

나비 1

보고 싶다
생각하면 금방 멀리서 온다

오면서 낸 길 속을
날개가 간다

아득히 멀어져 간다
닿지 않는
깊은 곳

나비 2

바위에 앉으면 바위 속 꽃이 된다
나비는 낭만파다
양귀비밭을 지난다
그렇게 날아간 나비 행복해하고 있을까

안부는 어디쯤 갔나 도랑 물빛 찰랑인다
지난 길섶 사이
날고 있는 갈피 따라
그리워 가고도 못 간 나비가 산다

나비 3

비 젖은 나비도 날 수 있을까
날고 있다 빗속을 나비 빗속을
가다가 보이지 않네 그래도 날고 있을까

나비 4

아득히 비밀의 나비

몸 섞고픈 비릿한 휴식

여독旅毒 깊어 그대 몸속

액液으로 닿고 싶다

사랑은 나비라 한다

쉬고 싶다 그곳을

나비 6

기쁨의 나비 슬픔에게 갔어요

간 후에 내 부족을 깨달았지만

슬프면 소리가 없구나 물길은 깊다

간 곳 찾아 날개 따라 따라갔지요

가다가 잃어버려 흘러 닿는 곳

그곳은 볼 수 없어서 그리움이다

벚꽃과 목련 사이

그대 벚꽃으로 온다 나는 벌써 목련이다

벚꽃과 목련 사이 지나가는 우리 같아

아무 일 아니었는 듯 화안한 꽃 속이다

봄날에

꽃 피는 봄이 와도 변한 게 없다

변한 건 따스운 기운뿐 어려운 세상이다

이 봄은 나중이 아닌 지금이었으면 좋겠다

소중한 것 만발하는 날에 여유로울 수 있다면

울타리 너머 만개한 꽃 바람 가득해도

뭐 했냐 물으면 할 말 없다 참 열심히 살았는데

같이 가는 길

같이 가도 힘든 길을 혼자 가는 사람도 있다

혼자의 보따린 석양의 어깨에도 혼자 묻힌다

우리는 둘이서 간다 의논하며 챙기며 가자

같이 가면 위안이 된다 미워하지 말자

끝끝내 혼자라면 어쩔 뻔했나 힘들다 말자

석양의 아래 그 너머로 아름다운 그림이 되자

낮은 직선

지평선도 수평선도

돌아오는 직선이다

너에게 가는 길은

무거워서 휘어지나

가고 온 낮은 직선이

뿌리처럼 박힌다

섬 1

그리움 흘러서 바다에 빠지고

너 찾아 떠났다 한 다발 편지로 묶여

출렁여 부대끼다가 떠오르는 섬이다 너는

너의 둘레를 가득히 흐르고 흘러

이토록 간절함에 펼쳐진 해안이다

내 섬은 하나면 되리 바다만 깊고 멀다

섬 2

가는 만큼 깊어지고 거리만큼 채워진다

가기만 하는 생각 거기까지 가는 물결

짙푸른 바다가 있다 그 끝에 네가 산다

멀리 가면

생각도 직선으로

멀리 가면 둥글다

그리워 가는 직선은

우주처럼 둥글다

한 바퀴 돌아와서는

펼쳐지는 네 모습

꿈길 간다

만나러 꿈길 간다

꿈길이다 네 생각

어디에도 꿈길 꿈길 같은 네 생각

오늘도 그림자와 간다

너는 꿈길뿐이다

뻐꾸기 소리

뻐꾹 뻐꾹 뻐뻐꾹 뻐꾹 중심을 울던 소리

아주 변두리로 갔나 변두리 덮던 뻐꾸기

친근한 더 낮은 마을

밀려갔나

그 소리

어느 하오

들 건너 언덕 너머 종소리 갔다

종소리

그 길로 삭은 염원 그림자가 가고 있다

고요한 뻐꾸기 소리

마을도 가고 있다

내원사 가서

다치지 않게 떠나야 한다 내가 다치고

사랑을 버리게 해주십시오 그대 행복을

내원사 가서 빌었다 고운 님 고운 꽃 내가 빌었다

눈물

갚음으로 늦은 기별로 눈물은 오는가

그대 눈물 닿는 곳은 내 눈물 길이었나

거기서 온 물이어서 다 못 씻고 가는가

슬픔은 남는다

자유는 넓어서 들판으로 사라지고

삶은 남아서 맡아서 하라 한다

들판의 끝 저무는 쪽으로 슬픔은 남는다

꽃과 멍울 사이, 그 그리움의 아득한 넓이

박시교 _ 시인

1

1974년 20대 초 젊은 나이에 등단하여 몇 년간 활발한 작품 활동을 했던 권도중 시인. 어느 날 갑자기 지면에서 그 이름이 사라졌다. 그리고 30여 년의 긴 침묵. 그런 그가 2008년 첫 시집 『네 이름으로 흘러가는 강』을 들고 다시 우리 곁으로 돌아왔다. 그때의 반가움이 아직도 미처 다 가시지 않은 때에 또 한 권의 원고를 필자에게 넘기며 발문을 부탁해 왔다. 그동안의 침묵에 대한 보상 심리일까. 어쨌거나 내 일처럼 가슴 설레었음을 고백하지 않을 수 없다. 그 이유는 그와의 각별한 관계, 즉 문단 인연이 남다르기 때문이다.

그러니까 권도중 시인의 등단 무렵인 70년대 초 《현대시학》 출신 20대 시조 시인들이 주축이 되어 〈현대율現代律〉을 결성하고, 시조단에 새바람을 불러일으켰던 멤버는 임종찬, 이우걸, 김현, 박영교, 김영재 등으로 필자도 그 동인이었는데, 막내 격이던 권도중 시인이 이유 없이 지면에서 홀연 그 자취를 감추었던 것이다.

그 후 사업에 매진한 오랜 기간 기업가로서 자리를 잡은 그가 마치 연어의 회귀본능처럼 시 세계로 홀연 다시 돌아와 왕성한 작업에 몰입한 소산으로 불과 몇 년 사이에 시집 세 권(이 가운데 한 권은 자유시)을 상재하는 놀라운 저력을 보여주었다. 그러니 어찌 반가운 일이 아니겠는가. 첫 시집 출간 때 서울에 있는 몇 명 옛 동인이 모여 조촐한 축하 자리를 가지기도 했다.

아무튼 권도중 시인은 그렇게 우리의 곁으로 다시 돌아와서 그 특유의 활달한 보법과 세련된 감각적 언어로 마치 그동안 비워두었던 자신의 자리를 메우는 듯한 작업을 이 시집을 통해서도 여실히 보여주고 있는데, 첫 시집에서나 이 두 번째 시집 『낮은 직선』에서나 그의 시적 성과를 가늠하게 하는 시편들은 대체적으로 연작에서 보다 더 쉽게 발견할 수가 있었다. 그것은 「풀밭」 「사랑시」 「수로부인」 「나비」 등으로 대표되는데, 이들 연작 중에서 「사랑시」와 「수로부인」은 첫 시집과 이번 시집에 걸쳐서 계속 이어지고 있다. 이 가운데서 몇 편을 먼저 살펴보는 것을 시작으로 권도중 시인의 시 읽기를 하려 한다.

그대 사는 마을은 강 저편인데
계절은 자유롭게 과꽃 향 실려서 와도
다시는 그리워 않겠노라 자유롭기 바라노라
—「사랑시 1」 첫 수

포근한 그대 방은 커튼마저 꿈빛이다

못 이룬 꿈 묻히고픈 부드러움

궁전의 이야기 같아 눈을 감고 다스려본다
　-「사랑시 3」 첫 수

「사랑시」 두 편 가운데서 그리움이 짙게 배어 있는 부분 한
수씩을 옮겨보았다. 강을 사이하고 서로를 갈라놓은 애틋함을
그리고 있는 앞 작품과 못 이룬 꿈을 커튼 드리운 차단된 그대
방으로 묘사한 뒤의 작품 모두 화자의 간절한 연모의 정이 과꽃
향처럼 풍기고 있다. 그러나 그 향기는 짙은 그리움만큼이나 깊
은 골의 슬픔을 보여주고 있는 듯한 느낌이 강렬한 것은 왜일
까. 아마 그것은 "다시는 그리워 않겠노라"는 다짐과 함께 이제
부터는 사랑의 속박으로부터 사랑하는 그대가 "자유롭기 바라"
는 번민이 더 깊음으로 해서일 것이다.

　"사랑하는 것은 사랑을 받느니보다 행복하나니라"라고 일찍
이 청마靑馬가 노래했듯이 권도중 시인의 사랑 이야기도 일방
적인 순수함이 돋보여서 더 풋풋한 것인지도 모른다. 사랑의 멍
자국이 아주 선명한 작품 한 편을 더 옮겨 읽어보자.

생명이 순수할수록 자주 멍이 들듯이

사람도 순수할수록 꽃처럼 멍이 든다

몸속에 쌓아둔 꽃은 무엇으로 못 지운다

잘 살아 아프지 않고 꽃 지고 철이 가도

못 잊는 세월에는 다친 디엔에이가 있다

상처도 깊은 사랑은 찾아가는 힘이 세다
　─「생명이 순수할수록」 전문

　"꽃처럼 멍이 드"는 사랑, "못 잊는 세월에는 다친 디엔에이
가 있다"는 그 순진무구가 시인이 그리고자 한 사랑이었을 것인
데, 특히 이 작품에서 눈길을 끄는 것은 종장 결구 처리다. 꽃처
럼 멍이 들고, 꽃 지고 철이 가도 못 잊는 세월의 나약하고 순수
한 사랑을 일으켜 세운 "상처도 깊은 사랑은 찾아가는 힘이 세
다"는 그 '힘'이 이 시의 골격을 아주 새롭고 튼실한 모습으로
바꾸어놓고 있다.
　연작 「수로부인」도 앞에서 지적한 사랑법과 다르지 않다.

　　강을 건너면 배는 두고 내려야죠
　　집착하지 마세요 제발 그러지 마세요
　　버려요 복잡한 것들 단순 미련하게

　　십 년을 땅속에서 애벌레로 살다가

보름 동안 현생에서 살아가는 매미를 보세요
지존의 내 사랑 또한 짧고 짧나니
―「수로부인 4」 부분

사실은 여자가 찾아가는 길이에요
사랑이라 마세요 구름 무게로 가고 올 것
샘물로 닿고픈 거기
설명 필요 없어요

순수한 건 쉬이 멍들어서 오래 아름답고
모든 목숨 같은 것은 상처 곁을 갑니다
자존이 지존스러워
방을 또 만듭니다
―「수로부인 7」 부분

　먼저 인용한 「사랑시」와 위의 「수로부인」 두 작품은 사랑을 주제로 했다는 점 말고도 시의 구성과 내용 그 흐름상의 호흡 등이 많이 닮아 있음을 목격할 수가 있다. 특히 두드러지게 눈에 띄는 대목이 '꽃'과 '멍'이라고 할 수 있다. 그래서일까, 사랑의 순수와 아름다움에는 반드시 상처가 있게 마련이라고 노래한다. 하기야 아픔 없는 사랑이 이 세상에는 없을 것이기에 어쩌면 그의 시편들은 공감의 폭과 깊이를 더 느낄 수 있게 해주는 것인지도 모른다.

그리고 사랑에 "집착하지 마세요"라는 어떻게 보면 이율배반적인 모습이라든지, "순수한 건 쉬이 멍들어서 오래 아름답"다는 해석 등이 이 시들을 읽는 재미를 더해주고 있음을 보게 된다.

2

바람 자유로운 곳 바람처럼 살다
너는 언제 이렇게 자라 근심처럼 가득한가
저절로 푸르게 자란 풀밭 같은 생각아
—「풀밭 3」 부분

권도중 시인의 초기 연작시 「풀밭」 가운데서 한 수를 옮겨보았다. 발표 당시 활달한 시상 전개와 함께 일상에서 취한 쉽고 친근한 시어의 사용 등으로 특별한 주목을 받은 바 있다. 이러한 생각의 연장 선상에서 읽히는 몇 작품 중 「봄길로 간다」가 먼저 필자의 눈길을 끌었다.

받고 싶은 메일이 복숭아밭 바람으로
사이사이 오고 있어서 열지 못하고
온 메일 열지 못하니 저렇게 꽃들이 핀다

한 통도 아닌 안타까운 여러 통이 대번에 와
참지 못할 내 마음 내용일 것 같아서

살구꽃 피었다 진 뒤 복숭아나무 곁을 운다

결국은 꽃 지나 꽃으로 오듯 떨구며
열어보지 않은 메일 속 마을 길 오는 소식
봄길로 간다 무슨 색인가 한 뭉텅이로 걷는다

먼 들판을 만들고 나부끼며 일상으로 가겠지
오래 바래어선지 연한 색 꽃 이파리 되어
네 마음 길 위에 물 위에 한없이 휘날린다
　　　－「봄길로 간다」 전문

　"받고 싶은 메일이 복숭아밭 바람으로 / 사이사이 오고 있어서 열지 못하고" 있는 시 속 화자도 이제 육순이다. 그런데 가슴 졸이며 열지 못하는 편지 세대의 시인이 그렇게 어쩔 수 없이 나이를 먹었는데도 그 감각은 이메일 시대임을 목격하고 아직까지도 시는 젊구나 하는 생각을 잠시 해보았다. 그렇다. 시인은 영원히 젊어야 한다. 봄날의 살구꽃, 복숭아꽃들 사연들이 담긴 메일 속처럼. 메일로 오는 봄길이 이처럼 아름답고 화사한 것을 보면 그의 시는 아직도 젊은 것임에 틀림이 없다.
　"온 메일 열지 못하니 저렇게 꽃들이 핀다"는 신선한 표현의 발상은 그의 등단 초기 모습과 많이 닮아 있어서 마치 오랜 공백을 메우는 듯하다. 이러한 필자의 생각을 보다 더 구체적으로 입증하기에 조금도 부족함이 없는 작품, 이 시집의 머리 시를 옮겨 읽기로 한다.

삶을 괴롭히던 또 다른 왕국王國이며
해수海水에 목이 잠긴 그 고운 신앙信仰이며
가서는 오지 않았던 살아 있는 천국天國이여

큰 그리움 만나려면 더 멀리 가야 한다
더 큰 그리움은 몇 날 며칠 지새운다
생과 사 이어도 사나 님 생각은 물길로 간다

난파되어 못 오며는 다음 배에 오리니
배 무거워 못 오며는 이어도에 사는 줄을
살아서 보고 싶어라 목숨이 물결로 오네

입이 없던 사람은 피리 되어 갔으리
아직도 철썩이는 꿈 건져야 할 깃발 푸른
긴 역사歷史 돌아와 있네 그리운 섬 이어도
　－「이어도」 전문

　시인에게 있어 섬 이어도는 무엇인가. 현실과 꿈 사이에 존재하는 파랑도의 의미를 찾는다는 것은 어쩌면 "큰 그리움 만나려"고 "더 멀리 가야 하"는 수고에 다름 아닌지도 모른다. 그리고 분명히 존재하지만 실체 확인의 불확실이 내포하고 있는 안타까움을 "아직도 철썩이는 꿈 건져야 할 깃발 푸른" "그리운 섬"으로 그릴 수밖에 없었을 것이다.

그러고 보면 시인에게 있어 섬은 그 존재의 가치를 넘어선 꿈의 영원한 안식처임에 틀림없다. "가서는 오지 않았던 살아 있는 천국"일지라도 더 큰 그리움으로 몇 날 며칠을 기다려 마주할 수밖에 없는 신앙이 곧 섬 이어도인 것이다. 그리하여 권도중 시인의 시 세계는 현실과 꿈 사이, 존재와 부재 사이, 그리고 꽃과 멍 사이의 '그리움'이라는 생각에 가닿게 된다.

이러한 지적은 이 시집에 수록된 여러 편의 단수들에서도 분명하게 나타나 있음을 발견할 수 있다.

그대 벚꽃으로 온다 나는 벌써 목련이다

벚꽃과 목련 사이 지나가는 우리 같아

아무 일 아니었는 듯 화안한 꽃 속이다
ㅡ「벚꽃과 목련 사이」 전문

시조 단수의 아름다운 짜임과 시적 완결미를 유감없이 보여준 가작이다. 거듭되는 강조겠지만 시조의 요체는 단수에 있다. 비교적 호흡이 길고 활달한 상과 수와 수 연결의 자재로움을 보여주었던 권도중 시인이 이처럼 치밀한 보법의 단수를 엮을 수 있다는 것은 그의 능력을 입증해주는 좋은 예가 된다.

이 시집 『낮은 직선』에는 인용한 작품 「벚꽃과 목련 사이」에 버금가는 단수들이 여러 편 수록되어 있다. 예컨대 「낮은 직선」 「멀리 가면」 「내원사 가서」 등등은 그의 역량을 가늠하기에 충분한 작품들이다. 그리고 짧은 단수들이지만 비교적 성공한 작품들 모두가 꽃과 그리움의 넓이를 펼쳐 보이고 있다.

오랜 휴식 끝에 시심詩心에 다시 불길을 당긴 그의 시작詩作이 부디 활력 넘치고, 그의 작품이 독자들에게 널리 회자되는 가편들이 되기를 바라는 우정의 마음을 이 글 행간마다에 담았음을 굳이 밝히면서 끝맺는다.